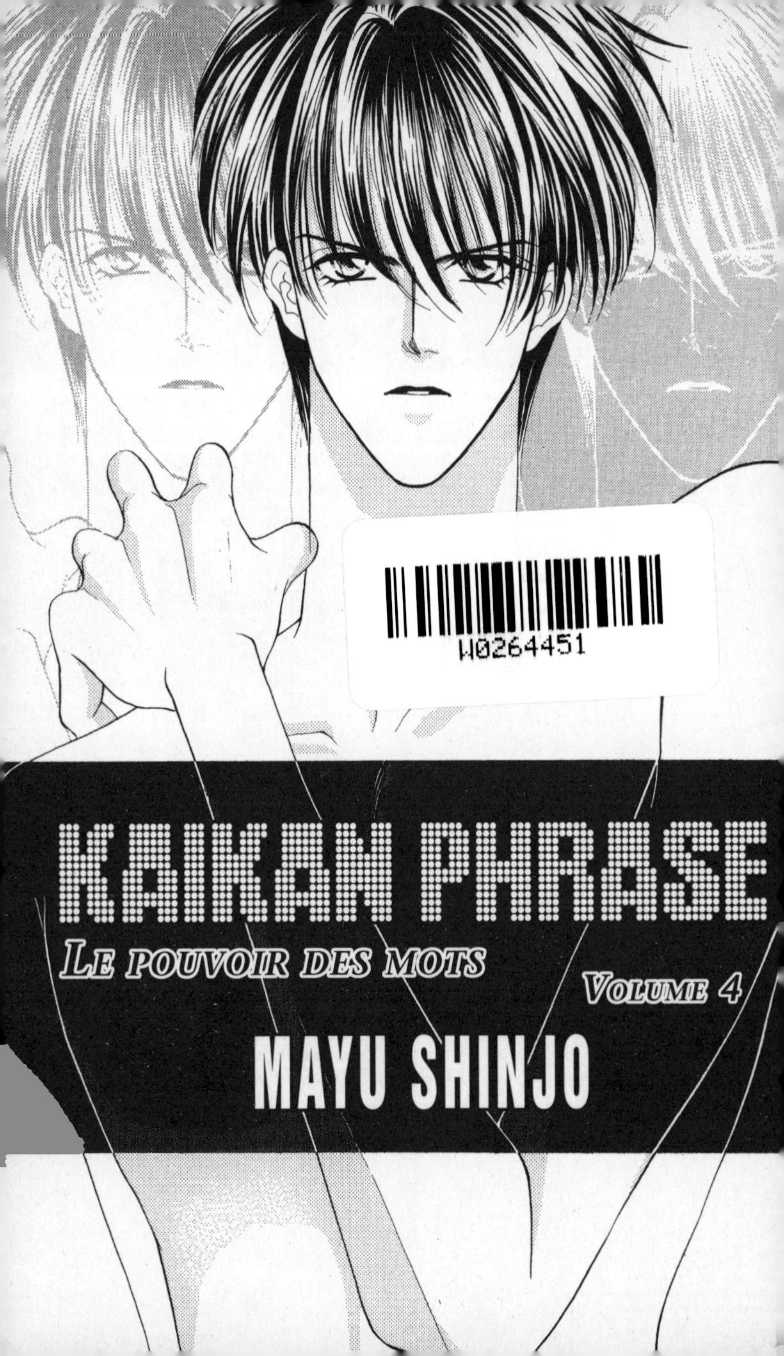
KAIKAN PHRASE
LE POUVOIR DES MOTS
VOLUME 4
MAYU SHINJO

# KAIKAN PHRASE

4

## L'histoire

*Aïné est une lycéenne douée pour l'écriture. Percevant le potentiel de la jeune fille, Sakuya Ookouchi, le leader du célèbre groupe Lucifer lui demande d'écrire les chansons du groupe. Elle devient bientôt leur parolière attitrée, sous le pseudonyme de Yukihiko Aïné. Terriblement attirés l'un par l'autre, Aïné et Sakuya deviennent amants. Sakuya et Ayako Sakura doivent tourner un feuilleton télé ensemble. Ayako a été la première maîtresse du jeune homme et n'a jamais accepté leur rupture. Elle voit donc le lien qui l'unit à Aïné d'un très mauvais œil, et tente tout ce qui est en son pouvoir pour les séparer, en vain. Elle laisse échapper à la presse qu'Aïné est la parolière de Lucifer... Et un photographe surprend le jeune couple...*

# Sommaire



## Les personnages

*Aïné Yukimura*

*C'est une jeune lycéenne. Sakuya découvre ses dons de parolière et lui demande d'écrire pour son groupe.*

*Sakuya Ookouchi*

*C'est le chanteur du célèbre groupe de rock Lucifer. Il a les cheveux noirs et les yeux bleus.*

*Ayako Sakura*

*Actrice, autrefois maîtresse de Sakuya. Toujours amoureuse de lui, elle considère Aïné comme une rivale à abattre.*

SAKUYA...
C'EST LE MATIN ET TU N'ES TOUJOURS PAS RENTRÉ...
EST-CE QUE TU ES AVEC AYAKO ?
NON, CE N'EST PAS POSSIBLE...

VLAM
OOH !
LE VOILÀ !
JE SUIS RIDICULE ! POURQUOI JE FAIS SEMBLANT DE DORMIR ALORS QUE JE L'ATTENDS DEPUIS DES HEURES ?!
MMH ?
...

SERRR
?!
RÉVEILLE-TOI, AÎNÉ...
RÉVEILLE-TOI ET SERRE-MOI DANS TES BRAS.
SAKU-YA ?

J'AVAIS TANT DE CHOSES À LUI DEMANDER...
MMH ...
MAIS TANT PIS...
SERRR
IL EST LÀ, MAINTENANT...
ET J'AI HONTE DE M'ÊTRE ANGOISSÉE À CE POINT-LÀ.
...

BONJOUR !
TU VIENS SOUVENT, CES TEMPS-CI...
EH OUI, J'AI ENVIE DE VOIR SAKUYA TOUS LES JOURS...
MMH, TU AURAIS PEUT-ÊTRE MIEUX FAIT DE T'ABSTENIR, AUJOURD'HUI...
AH ?
SAKUYA ET AYAKO TOURNENT LEUR SCÈNE D'AMOUR.
ATTENTION... SILENCE SUR LE PLATEAU !

PRÊTS ?
ÇA TOURNE !
SATORU, ON A BASCULÉ EN ENFER...
JE M'EN FICHE TANT QUE JE SUIS AVEC TOI.
C'EST TOI QUE J'AI TOUJOURS VOULUE ET JE NE TE LAISSERAI PAS M'ÉCHAPPER !
ÇA NE POURRA PAS CONTINUER COMME ÇA ÉTERNELLEMENT...
TAIS-TOI...

MMH...
POUR L'INSTANT, TU N'AS À PENSER QU'À MOI...
OH...
AH...
PIIIK
PIIIK
PIIIK
SATO-RU...
JE T'AIME.

SATO-RU...
SATO-RU...
SATORU !
ZOOSSH
GLUPS
C...
COUPEZ !

ALLEZ, J'Y VAIS !
...
WAOUH, C'ÉTAIT CHAUD !
OUI, JE CROIS QUE LA PREMIÈRE PRISE SERA BONNE.
MÊME SI C'EST LA PREMIÈRE FOIS QU'IL JOUE DANS UNE SÉRIE, IL MAÎTRI-SE PARFAITEMENT L'ÉMOTION POUR UNE TELLE SCÈNE...
OUI, DÉJÀ PENDANT LA RÉPÉTITION, IL ÉTAIT IMPRES-SIONNANT.
HA HA HA !
DO DOM
TU ÉTAIS LÀ ?

CE N'ÉTAIT QU'UNE SCÈNE DE CINÉMA.
OUI, TU ÉTAIS VRAIMENT TRÈS BIEN.
ÇA M'A ÉMUE...
IL N'Y A PAS LIEU DE M'INQUIÉTER.
ÇA NE TE RAPPELLE PAS DES SOUVENIRS ?
NE TE FICHE PAS DE MOI !
!
C'EST TOI QUE J'AVAIS ENVIE DE SERRER DANS MES BRAS...
PER-SONNE D'AUTRE...

OH...
PARDON, SAKUYA...
PARDON !
POURQUOI JE RESSASSE LE PASSÉ ? QUELLE IDIOTE JE FAIS !

JE TE DEMANDE PARDON...
SMILE
TU SAIS QUOI ?
CHAQUE FOIS QUE JE PENSE À TOI...
JE FRÉMIS DE DÉSIR...
SSHT
VIENS CHEZ MOI CE SOIR, JE TE MON-TRERAI...
ROUUUUG

SAKUYA, JE TE RECONNAIS BIEN LÀ...
MAIS...
À PLUS !
MERCI...
...

**Le coin des questions à Sakuya Ookouchi**

*- Quel est votre type de femme ?*

*- Les filles comme vous... (fixant la journaliste...) Non, je rigole... Les filles qui sont harcelées...*

*Aïné (boudeuse) : mmh...*

*À suivre, p. 49*

JE ME SUIS LAISSÉ DIRE QUE C'ÉTAIT TOI QUI ÉCRI-VAIS LES TEXTES DE LUCIFER.
CO... COMMENT LE SAVEZ-VOUS ?
ÇA M'A SURPRISE, JE T'ASSURE...
HEIN... ?
QUE SAKUYA PUISSE CONFIER L'ÉCRITURE DE SES CHANSONS À UNE LYCÉENNE, C'EST INCROYABLE !

JE VOUS EN PRIE ! GARDEZ ÇA POUR VOUS !
MMH ? C'EST UN SECRET ?
OH, JE SUIS DÉSOLÉE MAIS JE CROIS BIEN EN AVOIR PARLÉ À UN JOURNALISTE.
QUOI ?!
EN FAIT, JE TROUVE MÊME QUE ÇA FERAIT UN BON THÈME POUR UN FEUILLETON...
QU'EST-CE QUE JE VAIS FAIRE ?

AYAKO SAIT QUE TU ES NOTRE PAROLIÈRE ?
HEIN ?
...
OUI, ET ON RISQUE DE FAIRE BIENTÔT LA UNE DES JOURNAUX !
ON A SÛREMENT DÉJÀ ÉTÉ PRIS EN PHOTO ENSEMBLE !
SI ON APPREND QUE LES CHANSONS DE LUCIFER SONT ÉCRITES PAR UNE FEMME, L'AURA DU GROUPE EN PRENDRA UN COUP.
ET TU AS UNE IDÉE DE CE QUE LES FANS POURRAIENT TE FAIRE ?
QU'EST-CE QUE... JE VAIS FAIRE ?
QU'EST-CE QUE JE VAIS FAIRE ?!

HÉ, SAKUYA !
VLAM
C'EST MAUVAIS POUR L'IMAGE DU GROUPE !
ÇA VA CRÉER DES PROBLÈMES À TOUS CEUX QUI TRAVAILLENT POUR NOUS !
TU M'ÉCOUTES ? SAKUYA ?!

SILENCE
LE VOILÀ !
LES JOURNALISTES ?!
IL EST DÉJÀ TROP TARD...
SAKUYA, UN MOT S'IL VOUS PLAÎT !
TOUT LE MONDE DOIT SAVOIR...
OUI, UN MOT POUR NOTRE PROCHAIN ARTICLE !
ILS VONT DÉNIGRER NOTRE RELATION...

QUELLE EST LA NATURE DE VOTRE RELATION AVEC AYAKO SAKURA ?
HEIN ?
SMILE
NOUS AVONS DE TRÈS BONS RAPPORTS...
ÊTES-VOUS EN TRAIN D'AVOUER QUE VOUS AVEZ UNE RELATION AMOUREUSE AVEC ELLE ?

FLASH
EH BIEN, DISONS SEULEMENT QU'IL Y A UNE PERSONNE QUI COMPTE PLUS QUE TOUT POUR MOI ACTUELLEMENT.
FLASH
QU'EST-CE QUI LUI A PRIS ?
SA... KUYA ?
LOGE N°6
SAKUYA OOKOUCHI
FLASH
BVOOM
QU'EST-CE QUE C'EST QUE CET ARTICLE ? TU VEUX BIEN M'EXPLIQUER, SAKUYA !

SCOOP EXCLUSIF
FEUILLETON EN LIVE ?!
SAKUYA OOKOUCHI (17 ANS) ET AYAKO SAKURA (28 ANS)
SECRET D'ALCOVES !
NOUVEAU SCANDALE ?
LA PHOTO A ÉTÉ PRISE LE JOUR OÙ SAKUYA A PASSÉ LA NUIT DEHORS...
EST-CE QUE...
SMILE
TU M'AS UTILISÉE ?!
TU AS OFFERT UN SCANDALE SUR MOI À LA PRESSE POUR FAIRE OUBLIER LES PHOTOS DE TOI ET AÎNÉ ?
C'EST POUR ÇA QUE TU AS LAISSÉ PUBLIER CET ARTICLE ?!
IL... A FAIT ÇA ?

C'EST TOI QUI AS COMMENCÉ...
TU AS BIEN ENGAGÉ UN PHOTOGRAPHE POUR NOUS PRENDRE EN PHOTO, AÎNÉ ET MOI, PAS VRAI ?
IL SUFFIT DE BIEN PEU DE CHOSES POUR ENTACHER LA CARRIÈRE D'UNE ACTRICE...
BOM
PARDON ?
TU FERAIS MIEUX DE M'OUBLIER UN PEU.

SI TU ESSAIES ENCORE UNE FOIS DE BLESSER AÎNÉ D'UNE FAÇON OU D'UNE AUTRE...
JE TE JURE QUE JE DEVIENDRAI TON PIRE ENNEMI.
SAKUYA...
EN ATTENDANT, POUR LE RESTE DU MONDE, NOUS SORTONS ENSEMBLE...
QUE TU LE VEUILLES OU NON, TU VAS COUVRIR MA RELATION AVEC AÎNÉ...
TU ES UN DÉMON...

...
VENANT DE TOI, JE LE PRENDS COMME UN COMPLIMENT.
WOOOSSSH
DIS, SAKUYA, JE PEUX TE POSER UNE QUESTION ?
OUI ?!
AYAKO...
QUAND TU ES ALLÉ CHEZ AYAKO...
ELLE ET TOI VOUS AVEZ... EUH...

JE L'AI EMBRASSÉE.
DO DOM
ENSUITE, JE L'AI FAIT BOIRE JUSQU'À CE QU'ELLE NE TIENNE PLUS DEBOUT, ET JE SUIS RENTRÉ.
TU DOUTES DE MOI ?
ZIOUP-ZIOUP-ZIOUP
SAKUYA EST UN ANGE POUR MOI.
ALLEZ, JE T'INVITE AU RESTO.
POM
AH OUI ?

C'ÉTAIT UN RESTAURANT TRÈS DISCRET.
ON POURRA Y RETOURNER...
ZUT, J'AI PERDU MES CLÉS !
ATTENDS, J'AI LES MIENNES.
CLINCH
TIENS ?
C'EST OUVERT ...
CLIK
TU CROIS QUE SASAKI EST PASSÉ ?
CE N'EST PAS TRÈS PRUDENT...

OH...
AAAAAAAAAH!

HOPITAL
AYAKO...
AYAKO...
POURQUOI ELLE A FAIT ÇA ?!
CLIK
CHIRURGIE
DOCTEUR !

ÇA VA ALLER. SA VIE N'EST PLUS EN DANGER.
LA PLAIE N'ÉTAIS PAS PROFONDE, ELLE S'EN REMETTRA VITE.
ELLE EST HORS DE DANGER.
OUF...
TANT MIEUX...
TANT MIEUX !
...
AYAKO SAKURA

ON A TÉLÉPHONÉ À VOTRE MANAGER.
...
ÇA Y EST, VOUS ÊTES RÉVEIL-LÉE !
ÇA VA ALLER, VOUS ÊTES À L'HÔPITAL.
JE NE SUIS PAS MORTE...
HEIN ?

SI SAKUYA NE M'AIME PLUS, JE NE VOIS PAS POURQUOI JE VOUDRAIS VIVRE !
POURQUOI JE NE SUIS PAS MORTE ?!
AYAKO...
DO DOM
SNIF SNIF
...
CLAC
AÎNÉ...

TU ES RESTÉE LÀ TOUT CE TEMPS ? TU N'AS PAS DORMI ?
SAKU-YA...
ELLE... ELLE EST RÉVEIL-LÉE...
VA LA VOIR.
...
KRIIIII

SSHH
ELLE EST SI NAÏVE... TU N'AS PAS PEUR DE TE LASSER ?
ELLE N'EST PAS DIGNE DE TOI. QUITTE-LA.
FUUUU
TIENS ...
C'EST LE JOURNAL DE CE MATIN.
ON N'A RIEN DIT AUX MÉDIAS À PROPOS DE TA TENTATIVE DE SUICIDE.
ILS NE SAVENT MÊME PAS QUE TU ES À L'HOSTO... ON EST QUITTES.

BOM
MAIS SI TA TENTATIVE DE SUICIDE AVAIT ÉTÉ CONNUE DES MÉDIAS, ÇA T'AURAIT FAIT UNE BELLE PUBLICITÉ...
TU TE RENDS COMPTE DU RISQUE QUE TU AS PRIS ?!
TU N'AS JAMAIS EU L'INTENTION DE MOURIR, PAS VRAI ?
C'EST RAGEANT, HEIN, CETTE IMPRESSION D'AVOIR ÉLEVÉ UN SERPENT EN SON SEIN ?
JAMAIS !

C'EST UNE BELLE FAÇON DE VOIR LES CHOSES.
JE T'AIME TOUJOURS, SAKUYA.
JE... JE VOULAIS...
JE VOULAIS QUE TU M'AIMES EN RETOUR, C'EST TOUT.
LA PRO-CHAINE FOIS QUE TU VEUX MOURIR, APPELLE-MOI...

JE VIENDRAI TE FILER UN COUP DE MAIN.
...
SI TU CROIS QUE ÇA VA S'AR-RÊTER LÀ, TU TE TROMPES LOURDE-MENT.
SHHT
TU M'AS BLESSÉE DANS MON AMOUR-PROPRE.

AH, C'EST ICI QUE TU TE CACHAIS... RENTRONS, AÎNÉ.
SAKU-YA...
JE PRÉFÈRE QUE TU NE ME PROTÈGES PLUS.
C'EST POUR ME PROTÉGER QUE TU ES ALLÉ JUSQU'À T'IM-PLIQUER DANS UN FAUX SCAN-DALE AVEC AYAKO !
ET C'EST À CAUSE DE ÇA QU'ELLE A VOULU SE SUICIDER...

TU PASSES TON TEMPS À ME PROTÉGER...
ET TU T'ATTIRES TOUJOURS PLUS D'EN-NUIS À CAUSE DE MOI !
JE NE SUIS...
QU'UNE IDIOTE !
CALME-TOI, AÎNÉ !

TU ES SIMPLEMENT SOUS LE COUP DE L'ÉMOTION.
ARRÊTE DE PENSER À DES CHOSES AUSSI ABSURDES...
SAKUYA EST TOUJOURS SI PRÉVENANT ET PROTECTEUR AVEC MOI.
SNIF
SNIF
SNIF
ÇA SEMBLAIT POURTANT IMPOSSIBLE, CET AMOUR ENTRE UN ARTISTE CÉLÈBRE ET UNE PETITE LYCÉENNE...
QU'EST-CE QUE JE PEUX FAIRE ?

JE NE VEUX PAS DEVENIR UN POIDS POUR LUI...
IL N'Y A QU'UNE SEULE SOLUTION...
C'EST QU'ON SE SÉPARE.
ET À LA PREMIÈRE PLACE DE NOTRE CLAS-SEMENT CETTE SEMAINE...
NOUS RETROUVONS UNE FOIS DE PLUS LE DERNIER SINGLE DE LUCIFER...
LE DÉSORMAIS FAMEUX CAUTION !
SONY

SAKUYA...
DO DOM
DO DOM
SAKUYA...
DO DOM
SAKUYA !
CAUTION

SAKUYA !
NON ! JE NE PEUX PAS ME SÉPARER DE LUI ! JE NE PEUX PAS !
JE L'AIME TROP POUR ÇA !
R RECORD
FINALEMENT...
JE NE PEUX RIEN FAIRE DU TOUT...

**Le coin des questions à Sakuya Ookouchi**

*- Quel genre de femme vous détestez ?*

*- Les nymphomanes et les joueuses. Et aussi les femmes ennuyeuses...*

*À suivre, p. 91*

ARRÊTEZ DE CRÉER DES PROBLÈMES À SAKUYA !
SI C'EST MOI VOTRE PROBLÈME, PRENEZ-VOUS-EN À MOI...
ARRÊTE DE JOUER LES HYPOCRITES !
POK
SI TU TIENS VRAIMENT À FAIRE QUELQUE CHOSE, QUITTE-LE. ENSUITE, JE RÉFLÉCHIRAI À TA DEMANDE...
SERR
JE N'Y PEUX RIEN... SI VOUS CROYEZ QUE J'ARRANGE TOUT ÇA COMME JE LE VEUX.
ÇA, C'EST IMPOSSIBLE...

JE VOUS EN SUP-PLIE.
LAISSEZ SAKUYA TRANQUILLE...
JE VEUX LE PROTÉGER DE TOUTES MES FORCES...
...
MADE-MOISELLE SAKURA, VOTRE BLESSU-RE...
PFFF...
TU ES RIDICULE !
JE VOUS EN PRIE !
JE VOUS EN PRIE...

FUIIIISSSSH
FUIIIISSSH
VLUUUUF
JUSQU'À QUAND ELLE VA RESTER PLANTÉE LÀ ?
ELLE M'ÉNERVE...
ELLE M'ÉNERVE !

TRBLL
ZIOUP ZIOUP
COURAGE !
KORF KORF KORF
HAN HAN
C'EST POUR SAKUYA.
TANT PIS SI JE SUIS À BOUT DE FORCES!
JE PEUX LE FAIRE... JE LE PEUX...
POUR SAKUYA...
C'EST SI ÉTRANGE... JE VOULAIS JUSTE PRENDRE MA VIE EN MAIN...
ET ME VOILÀ ICI, SOUS CETTE PLUIE BATTANTE...

TCHOP
HAN HAN
QU'EST-CE QUE T'AS ENCORE FAIT ?
C'EST QUI ?

J'AI CHAUD...
J'AI L'IMPRESSION D'ÊTRE DANS LES BRAS DE SAKUYA...
OUI, JE VOUDRAIS QU'ON REPORTE LES RENDEZ-VOUS DE DEMAIN.
C'EST POSSIBLE ? OUI, YUKI PEUT TRÈS BIEN ASSURER SEUL À LA RADIO...
PARFAIT, MERCI.
MMH ? EST-CE QUE JE SUIS... ?
BONG
BONG
QU'EST-CE QUI TE PREND ?
JE TE L'AI DIT, JE NE VEUX PLUS QUE TU ME PROTÈGES...

JE L'AI DÉCIDÉ, PARCE QUE JE NE VEUX PAS DEVENIR UN POIDS POUR TOI.
ÇA M'EST ÉGAL !
AÎNÉ, JE DÉCIDE SEUL DE CE QUE JE VEUX FAIRE !
CE N'EST PAS LOGIQUE !
J'ÉTAIS AVEUGLE ET DEPUIS QUE J'AI COMPRIS...
JE NE PENSE PLUS QU'À TE PROTÉGER !

JOUER LES DIVAS ET FROISSER LES GENS, C'EST CE QUI ME FAI-SAIT TRIPER, AVANT...
ET SI JE VEUX TELLEMENT TE PROTÉGER AUJOUR-D'HUI...
C'EST SIM-PLEMENT PARCE QUE J'AI CHANGÉ GRÂCE À TOI !

SAKUYA !
SI TU SONGES À FUIR...
JE VEUX QUE CE SOIT POUR VENIR TE BLOTTIR DANS MES BRAS.
JE TE PROTÉGERAI TOUJOURS...
PARCE QUE JE T'AIMERAI TOUJOURS.

JE...
JE T'AI DÉJÀ CAUSÉ TELLEMENT D'ENNUIS...
ET ALORS ?
JE N'ARRIVE À RIEN FAIRE, JE ME SENS SANS FORCE...
ÇA M'EST ÉGAL...
MAIS SI TU...
CHUT...

TU ES TOUJOURS SI TENDRE AVEC MOI...
TU ME PROTÈGES SANS ARRÊT...
JE VEUX ÊTRE AVEC TOI !
TAIS-TOI ET AIME-MOI...
JE TE DEMANDE PARDON, SAKUYA...

...
ALLÔ, SASAKI ? C'EST MOI...
VOUS AVEZ PU TOUT ANNULER ?
FFF...
JE VEUX LA LISTE DE TOUTES LES ÉMISSIONS OÙ AYAKO PASSERA.

Kaikan Phrase

IL EST HORS DE QUESTION
QUE JE FASSE LES MÊMES ÉMISSIONS QU'AYAKO.
JE T'EN PRIE, SAKUYA !
IL FAUT QUE TU Y AILLES !

SI AYAKO ET TOI N'APPARAISSEZ PAS ENSEMBLE À LA TÉLÉ, LE FEUILLETON FERA UN BIDE.
JE NE SAIS PAS CE QUI S'EST PASSÉ ENTRE VOUS MAIS JE PENSAIS QUE TU ÉTAIS UN VRAI PRO !
SAKUYA...
IL REFUSE DE FAIRE LA PROMO DU FEUILLETON AVEC AYAKO...
C'EST PARCE QU'IL EST EN COLÈRE CONTRE ELLE...
IL FAIT TOUT POUR L'ÉVITER...
PARCE QU'IL PENSE QU'ELLE M'A BLESSÉE !

TU N'AS PAS LE CHOIX !
IL VA FALLOIR SONGER À TE CALMER, SAKUYA !
AYAKO !
TU CHERCHES À M'ÉVITER ?
TU AS CONSCIENCE QUE ÇA VA NUIRE À TA MÉDIATISATION, ET DONC À TON IMAGE ?

SMILE
TU N'AS PAS ENCORE COMPRIS...
C'EST TON IMAGE, ET NON LA MIENNE, QUI VA EN SOUFFRIR !
C'EST RIDICULE !
MADEMOISELLE SAKURA ! C'EST LA TUILE !
KANTÔ TV ET LA TEIKOKU TÉLÉVISION ONT ANNULÉ VOS PASSAGES !
HEIN ?

COMMENT ÇA ?!
EUH... EH BIEN...
C'EST PARCE QUE SI VOUS VENEZ, SAKUYA NE VIENDRA PAS...
ET À CHOISIR, ILS PRÉFÈRENT AVOIR SAKUYA...
ILS PENSENT QUE LES SPECTATEURS PRÉFÉRERONT VOIR SAKUYA.
SI VOUS N'APPARAISSEZ PAS ENSEMBLE, ÇA RISQUE D'ÊTRE DIFFICILE POUR VOUS.
POURQUOI TU FAIS ÇA ?
JE T'AVAIS POURTANT PRÉVENUE... SI TU BLESSAIS ENCORE UNE FOIS AÎNÉ, JE DEVIENDRAIS TON ENNEMI JURÉ.

LA ROUE A TOURNÉ, AYAKO ! NOUS SOMMES ENNEMIS, MAINTENANT !
JE N'ARRIVE PAS À CROIRE QUE TU PUISSES FAIRE TOUT ÇA POUR UNE GAMINE !
TU N'ÉTAIS PAS COMME ÇA, AVANT...
LES FEMMES NE COMPTAIENT PAS POUR TOI...
TU NE FAISAIS QUE LES UTILISER À TA GUISE !

JE TE PLAINS, AYAKO...
TU N'AS DONC JAMAIS AIMÉ PERSONNE ?
ROUUUGG
JE LA PRENDS DANS MES BRAS QUAND ELLE A BESOIN DE RÉCONFORT...
JE LA CONSOLE ET LA PROTÈGE QUAND ELLE EST TRISTE...
JE PRENDS SA DOULEUR SUR MOI QUAND ELLE EST BLESSÉE...

Si TU NE COMPRENDS PAS DES SENTiMENTS AUSSi SiMPLES QUE CEUX-LÀ...
COMMENT PEUX-TU JOUER ?!
VA-T'EN MAiNTE-NANT.
ET ASSURE POUR LES DER-NiERS TOURNAGES PARCE QUE CE FEUiLLETON SERA SANS DOUTE TON ULTiME JOB D'ACTRICE !
...

AÎNÉ...
JE T'EN PRIE, SAKUYA, NE FAIS PAS ÇA...
NE PRIVE PAS AYAKO DE TRAVAIL À CAUSE DE MOI !

PFF...
SI ELLE RESSENT DE LA PITIÉ POUR MOI, J'IMAGINE QUE TOUT EST DÉJÀ FINI.
CE N'EST PAS DE LA PITIÉ !
...
C'EST JUSTE QUE JE NE VEUX PAS QUE QUELQU'UN SOUFFRE À CAUSE DE MOI.
AYAKO, JE SAIS QUE VOUS AIMEZ SAKUYA... MAIS MOI AUSSI JE L'AIME... ET BIEN PLUS QUE VOUS...

JE T'EN PRIE, SAKUYA ! JE NE VEUX PAS QUE TU SOIS MÉCHANT !
REVIENS SUR TA DÉCISION...
JE T'EN SUPPLIE !
SAKU-YA...

D'ACCORD, JE FERAI CE QUE TU ME DEMANDES.
OH, SAKUYA...
AH LÀ LÀ...
JE NE PEUX PAS RÉSISTER À TES LARMES...
SAKUYA...

MERCI.
...
KHH
AMOUREUX, HEIN ?
JE N'ADMETTRAI JAMAIS QUE SAKUYA SOIT À TOI.
JE CONTINUERAI À ESSAYER...
DE DEVENIR PLUS FORTE.
CE N'EST PAS GRAVE.

ASSEZ FORTE POUR QUE LES MOTS NE PUISSENT PLUS M'ATTEINDRE...
ET QUE JE SOIS DIGNE DE LUI.
COMME TU VEUX...
JE N'AI PLUS RIEN À FAIRE ICI.
AYAKO...

TSOP
SI VOUS ÊTES TROP GENTIL AVEC ELLE, ELLE VOUS CAUSERA DES PROBLÈMES.
MONSIEUR SASAKI...
VOUS ÊTES SOUS LE CHOC PARCE QUE LES TÉLÉS PRÉFÈRENT SAKUYA...
VOUS AVIEZ BIEN PLUS DE CHARISME AVANT.
LE SAKUYA QUE VOUS AVEZ CONNU AUTREFOIS N'AVAIT JAMAIS OUVERT SON CŒUR À PERSONNE.
IL REFUSAIT QU'ON L'APPROCHE DE TROP PRÈS...
IL N'ÉTAIT QUE L'OMBRE DE LUI-MÊME...

MAIS DÉSORMAIS, IL SOURIT, IL PLAISANTE, IL A CHANGÉ.
TU ES ENCORE FIÉVREUSE...
CE CHANGEMENT LUI A FAIT GAGNER DES FANS ET LE RESPECT DES MÉDIAS.
IL A EN LUI UNE FORCE NOUVELLE QUI LUI PERMET DE SE FROTTER À N'IMPORTE QUELLE ACTRICE DE VOTRE GENRE.
...
CETTE FILLE A MÉTAMORPHOSÉ SAKUYA.
MAIS NON, ÇA VA, JE T'ASSURE...
POUR LUI...

ELLE A PLUS DE VALEUR QUE SA PROPRE VIE.
TU ES SÛRE ?
...

KORF
KORF
ATCHOUM !
SAKUYA ? QU'EST-CE QUE TU FAIS ?
TAIS-TOI ET DORS !
QU'EST-CE QU'IL FABRIQUE ?
ÇA FAIT AU MOINS UNE HEURE QU'IL EST DANS LA CUISINE...
TA DAM
KREV LADAL

C'EST POUR TOI...
MANGE.
JE T'AI FAIT DU RIZ...
SAAAAALE
EH BEN, Y A DU BOULOT, ICI...
J'AI JAMAIS VRAIMENT FAIT DE CUISINE AVANT...

IL A FAIT ÇA POUR MOI... ?
CRONCH
AÏE !
HÉ, FAIS ATTENTION AVANT DE MANGER ! C'EST CHAUD !
FUUU
FUUU
VOILÀ...
TIENS, OUVRE LA BOUCHE...

JE CROIS...
QUE C'EST CE QU'ON APPELLE...
FAIS ATTENTION.
MMH, C'EST BON !
LE BONHEUR.
ENCORE...
TU ES BIEN PRESSÉE !
J'AIMERAIS QUE CETTE SENSATION DURE TOUJOURS...

MMH...
NON, SAKUYA, TU VAS ATTRAPER MON RHUME...
C'EST MON REMÈDE MAI-SON.
IL PARAÎT QUE QUAND ON PARTAGE SES MICROBES ON GUÉRIT PLUS VITE...
MAIS...
NON, IL NE FAUT PAS !

TU RÉSISTES SANS CONVICTION,
TES YEUX SONT TOUT HUMIDES...
TON CORPS BRÛLE, TU TRANSPIRES...
MÊME TON SOUFFLE EST HALETANT...
COMME QUAND NOUS FAISONS L'AMOUR...
QUAND TU ES MALADE...
TU ES ENCORE PLUS SEXY...

C'EST TOUT TON CORPS QUI M'ATTIRE...
AAH... SAKU-YA...
...
SOIS TRANQUILLE, JE NE PROFITERAI PAS D'UNE MALADE.

ALORS, TU VEUX BIEN DORMIR À CÔTÉ DE MOI ?
OUI.
HI HI HI
ET ZUT...
JE ME SUIS FAIT AVOIR...
JE N'AI MÊME PAS INSISTÉ !

LAISSONS MAINTENANT S'EXPRIMER AYAKO SAKURA...
MADEMOISELLE SAKURA, VOUS AVEZ ROMPU AVEC SAKUYA ?
OUI, TOUT EST ALLÉ SI VITE.
NOUS SOMMES TOUS LES DEUX DÉBORDÉS.
POUR ÊTRE HONNÊTE...
IL Y AVAIT UNE GRANDE DIFFÉRENCE D'ÂGE ENTRE NOUS...
ÊTES-VOUS TOUJOURS AMOUREUSE DE SAKUYA ?
OUI.
Y A-T-IL QUELQUE CHOSE QUE VOUS AIMERIEZ LUI DIRE ?

OUI. MERCI...
MERCI POUR LES SOUVENIRS QU'IL M'A DONNÉS.
SILENCE
C'ÉTAIT UNE CONFÉRENCE DE PRESSE PARFAITE.
AVEC ÇA, SA COTE DE POPULARITÉ VA GRIMPER !
AINSI QUE CELLE DE SAKUYA.
JE SAIS BIEN QUE SES LARMES ET SES SOURIRES ÉTAIENT FEINTS MAIS C'EST UNE SACRÉE ACTRICE...
TRICHAIT-ELLE VRAIMENT ?

JE NE SUIS PAS SÛRE QUE SES LARMES ÉTAIENT FAUSSES...
AYAKO NE TIENT VRAIMENT PAS À CE QUE SAKUYA LA DÉTESTE.
OH, JE RÉFLÉCHIS TROP...
N'EMPÊCHE, C'EST UNE BONNE ACTRICE !
KRAAAZZZ
AÏÏÏÏÏÏÏEUUUUH !!
IIIIRK

**Le coin des questions à Sakuya Ookouchi**

*- Quelles sont vos cigarettes préférées ?*

*- Les Marlboro... Et j'aime bien les briquets Cartier.*

*À suivre, p. 113*

MMH ?
YUMi...
YUMi ! TU ES ViVANTE !
HEIN ?!

SAKUYA !

SAKUYA !
YUMI ! OH, YUMI !
EUH... MAIS NON, VOUS...
VOUS FAITES ERREUR...
TA TAP
LÂCHEZ-MOI, VOYONS !

POURQUOI A-T-IL FALLU QUE SAKUYA ME SURPRENNE DANS CETTE POSITION EMBARRAS-SANTE ?!
DÉSO-LÉE...
QU'EST-CE QUE TU VEUX À AÎNÉ ?

A... AÎNÉ ?
JE VOIS... JE SUIS DÉSOLÉ...
J'AI CRU RETROUVER MA PETITE SŒUR QUI EST MORTE IL Y A UN AN.
VOUS LUI RESSEMBLEZ TELLEMENT !
DÉSOLÉE.

SA PETITE SŒUR ME RESSEMBLAIT ?
C'EST POSSIBLE, UN TRUC PAREIL ?
...

FLAAAASCH

KYAAAAAH
C'ÉTAIT LUCIFER ! MERCI À EUX !
AH, JE SUIS TELLEMENT HEUREUSE QUE SAKUYA M'AIT DONNÉ UN BILLET POUR SON CONCERT !
IL EST BIEN DANS SON FEUILLETON MAIS IL EST ENCORE MEILLEUR EN CONCERT !
CONTINUONS NOTRE DIRECT AVEC L'INVITÉ SUIVANT.
UN PREMIER SINGLE QUI MONTE PEU À PEU DANS NOS CLASSEMENTS ET QUI ARRIVE CE SOIR EN DEUXIÈME POSITION !
UN SINGLE QUI TALONNE DE TRÈS PRÈS CELUI DE LUCIFER, QUI, JE VOUS LE RAP-PELLE EST À LA PREMIÈRE PLACE POUR LA TROISIÈ-ME SEMAINE CONSÉCUTIVE !

ACCUEIL-LONS DONC JESUS !
AVEC LEUR TITRE REQUIEM !
CETTE CHANSON...
C'EST LUI QUI LA CHANTE ?

MAIS POURQUOI ON A L'IMPRESSION QU'IL A LE CŒUR BRISÉ ?
JE L'AI SOUVENT ENTENDUE À LA RADIO...
C'EST COMPLÈTEMENT DIFFÉRENT DE LA MUSIQUE DE LUCIFER...
CETTE MÉLODIE EST SI TRISTE...
DEPUIS LE DÉBUT...
J'AI L'IMPRESSION QU'IL CHANTE POUR MOI...
MH ?

BAH, C'EST JUSTE UNE IMPRESSION... ENFIN, JE CROIS...
DITES, POURQUOI IL SE TOURNE VERS AÎNÉ ?
HA HA HA
TU CROIS QU'IL A EU LE COUP DE FOUDRE POUR ELLE ?
BOM
...
AÏEUH !
OURQUOI TU M'AS FRAPPÉ ?!

* LA PLUS MÉRIDIONALE DES ÎLES DU JAPON.

SMILE
AÏNÉ, ON PREND NOTRE BAIN ENSEMBLE ?
HEIIIIIN ?!
IL Y A TELLEMENT DE SELS DE BAIN LÀ-DEDANS QU'ON NE VOIT RIEN...
JE TE JURE, REGARDE !
BON, ÇA Y EST ?
NOOON !
SI TU ME REGARDES, JE ME METS EN PÉTARD !
...

BON ÇA SUFFIT, J'AI TROP CHAUD...
FLUITCH
KYAAAAAAH !!
OH, ARRÊTE ! ET VIENS AVEC MOI !
NON, JE NE VEUX PAS QUE TU ME VOIES NUE !
ON A BEAU ÊTRE ENSEMBLE, IL RESTE QUAND MÊME DES TRUCS GÊNANTS...
JE SAIS POURTANT QUE C'EST LE GENRE DE CHOSES QU'IL AIME...

POURQUOI TU AS TELLEMENT HONTE DE TON CORPS...
ALORS QU'IL EST MAGNIFIQUE ?
OÙ QUE JE REGARDE...
AAAAH
TOURN
OH !
OH NON ! IL FAIT COULER LA DOUCHE !

SA-KUYA !
OUI...
LA MOUSSE
VA S'EN ALLER...
NE ME REGARDE PAS D'AUSSI PRÈS...
J'AI TROP HONTE !

TCHOP
PLUS TU TE CACHES ET PLUS JE VEUX TE VOIR...
ÇA M'EXCITE...
MMH...
JE N'AVAIS PAS L'INTEN-TION DE FAIRE L'AMOUR ICI, MAIS...
ON VOIT...
QUE TU MANQUES D'EXPÉRIENCE...

JE NE PEUX PLUS ATTENDRE...
TU AS ÉTÉ UNE VILAINE FILLE...
SAKUYA...
CETTE NUIT...

JE T'AIMERAI POUR TOUTE LA SEMAINE QUI VIENT.
SAKUYA...
AÏE !
J'AI MAL AU DOS...
PFFF, QUELLE ÉNERGIE IL A !
JE VAIS VITE ALLER VOIR KAI POUR QU'IL ME DONNE LE BOULOT QUI M'ATTEND ET JE RENTRE...
PFF, UNE SEMAINE...
OUI, TOUT VA BIEN, MAMAN. NE T'EN FAIS PAS. BON, J'AI UNE RÉUNION, JE DOIS Y ALLER. À BIENTÔT...

C'EST LE CHANTEUR DE JESUS !
CLIK
IL DOIT FAIRE PARTIE DE LA MÊME MAISON DE DISQUE QUE LUCIFER.
FIIIX
S'IL ME VOIT ICI, IL SAURA QUE JE SUIS PAROLIÈRE...
HÉ !
GLUPS
AÏNÉ, C'EST BIEN ÇA ?
AAAH ! IL VIENT VERS MOI !
IL Y A QUELQUE CHOSE QUE JE VOUDRAIS VOUS DEMANDER...
MMH ?

QUOI ?
YUMI EST MORTE DANS UN ACCIDENT DE VOITURE.
DEPUIS, MA MÈRE RÉAGIT TRÈS BIZARREMENT. ELLE REFUSE D'ADMETTRE SA MORT.
ELLE S'INQUIÈTE TOUT LE TEMPS POUR MOI ET PASSE SON TEMPS À M'AP-PELER.
MÊME SI JE COMPRENDS CE QU'ELLE RES-SENT, C'EST DIF-FICILE POUR MOI.
JE NE PEUX PAS FAIRE GRAND-CHOSE.
TOMOYUKI, VOUS VOULEZ QUE JE FASSE SEMBLANT D'ÊTRE VOTRE SŒUR ?
JE VOUS EN PRIE, ÇA NE SERAIT QUE POUR UN SEUL JOUR ! MÊME UNE HEURE SUFFIRAIT... FAITES-VOUS PASSER POUR MA SŒUR...
S'IL VOUS PLAÎT !

**Le coin des questions à Sakuya Ookouchi**

*- Quelle est votre couleur préférée ?*

*- Le noir... et le rouge (celui de Ferrari...)*

*Aïné : c'est vrai que tu portes beaucoup de noir et de rouge.*

*À suivre, p. 133*

JE ME SENS COUPABLE ENVERS SAKUYA...
REGARDE !
J'AI PRÉPARÉ TON DESSERT PRÉFÉRÉ, YUMI, LA TARTE AUX POMMES !
MAMAN, JE CROIS QUE YUMI A ASSEZ MANGÉ...
GLUPS
AH OUI, C'EST VRAI...
ÇA FAIT SI LONGTEMPS QUE TU N'ES PAS VENUE À LA MAISON. J'ÉTAIS CONTENTE ET J'AI PRÉPARÉ TROP DE CHOSES...

ÇA IRA, MAMAN...
POUR TA TARTE AUX POMMES, IL Y AURA TOUJOURS DE LA PLACE.
YUMI...
TU AS MANGÉ SI VITE QUE TU AS PLEIN DE MIETTES PARTOUT.
TU AS BEAU GRANDIR, TU RESTERAS TOUJOURS MA PETITE FILLE.
CETTE FEMME...

ME PREND RÉEL-LEMENT POUR SA FILLE.
ELLE EST SI HEUREUSE, SI GAIE...
ÇA LUI FAIT TELLEMENT PLAISIR... ÇA NE PEUT QU'ÊTRE BIEN.
TU T'EN VAS DÉJÀ ?
OUI. AVOIR AUTANT PARLÉ AVEC TA MÈRE M'A VRAIMENT ÉPUISÉE.
YUMI VOUS ÉTAIT TRÈS CHÈRE...
MERCI BEAUCOUP POUR CE QUE TU AS FAIT AUJOURD'HUI. ÇA FAISAIT LONGTEMPS QUE JE NE L'AVAIS PAS VUE AUSSI RADIEUSE.

HA HA HA
PERSONNE NE TIENT À MOI COMME ÇA, DANS MA FAMILLE.
JE POURRAIS BIEN DISPARAÎTRE, ILS NE S'EN APERCEVRAIENT PAS.
AU REVOIR.
AH...
POUR TE REMERCIER, ÇA TE DIRAIT DE VOIR DES VIDÉOS AMATEUR DE LUCIFER ?
DES VIDÉOS AMATEUR ?!
GLUPS
YUMI AUSSI AIMAIT LUCIFER, ET PARTICULIÈREMENT SAKUYA...
ELLE AVAIT PLEIN DE TRUCS SUR LEURS DÉBUTS.
TU CONNAIS BIEN SAKUYA, ÇA DEVRAIT T'INTÉRESSER.
SAKUYA PLUS JEUNE ?

LA QUALITÉ N'EST PAS TERRIBLE MAIS BON... ÇA DATE DE LEURS DÉBUTS...
L'IMAGE SAUTE UN PEU...
MAIS JE SUIS SÛR QU'AUJOURD'HUI CETTE VIDÉO VAUDRAIT UNE PETITE FOR-TUNE.
YUMI
MMH ? CE GARÇON AUX LONGS CHEVEUX...
C'EST SAKUYA !

QU'EST-CE QU'IL ÉTAIT BEAU !
IL DÉGAGEAIT QUELQUE CHOSE D'ÉROTIQUE AVEC SES CHEVEUX LONGS !
MERCI DE M'AVOIR MONTRÉ CE BIJOU TOMOYUKI !
MERCI GRAND FRÈRE...

GRAND FRÈRE...
?
CLIC
QUOI ?
...
!
TOMO-YUKI ?
SNIF
SNIF
SNIF
...
ÇA NE VA PAS LA TÊTE, ATSURÔ ! POURQUOI TU PLEURES COMME UNE MADELEINE EN ÉCOUTANT CE DISQUE ?!
MAIS... MAIS...

LE REQUIEM DE JESUS EST SI TRISTE...
LA MÉLODIE COMME LE CHANT...
FROT
MMH ...
C'EST UNE CHANSON QUI PARLE DE LA MORT DE LA FILLE DONT LE CHANTEUR ÉTAIT AMOUREUX.
CHIF
MONTRE-MOI LES PAROLES !
REQUIEM
LE JOUR OÙ LA MARÉE T'A EMPORTÉE
MON CŒUR S'EST BRISÉ
ET SES MORCEAUX ONT VOLÉ EN ÉCLATS.
IL EST TROP TARD ET TON CORPS FROID
NE PEUT PLUS RÉPONDRE À MON AMOUR.
ENCORE UNE FOIS... ENCORE DEUX FOIS...
MES MOTS DOUX SE MÊLENT AUX LARMES
QUI COULENT SUR TES JOUES.
SI DANS MA DOULEUR,
JE POUVAIS RETROUVER TON SOURIRE,
JE CONTINUERAIS À TE SERRER
DANS MES BRAS,
AU MILIEU DE RIVIÈRES DE LARMES,
JE TE RENOUVELLERAIS MON AMOUR
QUI DEVIENDRAIT FLEUR AUTOUR DE TOI.

ÇA VOU-DRAIT DIRE QU'IL... ?!
MAIS ?
IL Y A UNE CHOSE QUE J'AI NÉGLIGÉ DE TE DIRE...

J'ÉTAIS AMOUREUX DE MA SŒUR.
J'ÉTAIS AMOUREUX D'ELLE ALORS QU'ELLE ÉTAIT MA SŒUR !
HEIN ?

J'ÉTAIS AMOUREUX D'ELLE...
ALORS QU'ELLE ÉTAIT MA SŒUR !
NON...
NOON ! NE M'AP-PROCHE PAS !
KSOP

QUAND YUMI EST MORTE JE ME SUIS DIT QUE DIEU N'EXISTAIT PAS !
MAIS AUJOURD'HUI, C'EST DIFFÉRENT !
LÂCHE-MOI !

CARESS
TCHOP
TU AS SON VISAGE, SA VOIX... ET CET AMOUR N'EST PAS INTERDIT.
CE SONT LES DIEUX QUI T'ONT ENVOYÉE À MOI COMME UN CADEAU !
POUR QUE JE PUISSE T'AIMER COMME J'AURAIS VOULU L'AIMER...
MMH !

NON !
ARRÊTE !
TU TE TROM-PES !
LÂCHE-MOI !
JE...
JE NE...

JE NE SUIS PAS YUMI !
POUSSS
POURQUOI TU CRIES SI FORT ?
JE COMPRENDS CE QUE TU RESSENS...
ET JE NE DIS PAS QUE C'ÉTAIT MAL D'AIMER TA PROPRE SŒUR MAIS...

JE SUIS AÏNÉ YUKIMURA !
JE NE SUIS PAS YUMI ET NE LE SERAI JAMAIS !
RE-VIENS !
VLAM
...

COMMENT J'AI PU ME TROMPER À CE POINT ?! C'ÉTAIT SI ÉTRANGE...
IL EST COMPLÈTEMENT FOU !
M'AIMER À LA PLACE DE SA SŒUR ?!
QUELLE JOURNÉE !
UNE BONNE DOUCHE ME LAVERA DE TOUT ÇA...
OH !
FLIIX
UN SUÇON !

IL A DÛ LE FAIRE À CE MOMENT-LÀ...
QU'EST-CE QUE JE VAIS FAIRE ?
POURVU QU'IL AIT DISPARU QUAND SAKUYA RENTRERA...
TU N'EN PROFITES PAS POUR ME REMPLACER, HEIN ?
CE N'ÉTAIT PAS DU TOUT MON INTENTION...
MAIS S'IL VOIT CE SUÇON, IL EN DÉDUIRA FORCÉMENT QUE C'EST CE QUE J'AI FAIT...

FAITES BIEN ATTENTION CAR CE GENRE D'EXERCICE SORT TOUJOURS AUX EXAMENS...
BIEN. CONTINUONS AVEC AUTRE CHOSE...
BOOOOOH
AAAH... JE N'ARRIVE PAS À ME CONCENTRER SUR LE COURS.
IL Y A TROP DE CHOSES QUI TOURNENT DANS MA TÊTE.
BLAH BLAH
HÉ, VOUS SAVEZ QUOI ?
?
PSSHH PSSHH
BLAH BLAH BLAH
DE QUOI ELLES PARLENT ?

**Le coin des questions à Sakuya Ookouchi**

*- Quelle est votre saison préférée ?*

*- L'hiver.*

*À suivre, p. 167*

SAKUYA !
KYAAAAAAH!
KYAAAH!
SAKUYA!
SAKUYAAAA!
KYAAAAH
DU CALME, JE VOUS PRIE !
QU'EST-CE QU'IL FAIT LÀ ?
DITES, L'UNIFORME EST OBLIGATOIRE À L'ÉCOLE, MÊME POUR LES ARTISTES !
KYAAAAH!
KYAAAAH!
SAKUYAAAAA!
MINUTE, MONSIEUR OOKOUCHI !

QU'EST-CE QUI S'EST PASSÉ POUR QUE TU REVIENNES SI VITE ?
ZUT, JE ME SENS MALADROITE !
FROT
...

?!
TCHOOP
QU'EST-CE QU'IL Y A, SAKUYA ?
BLAH
BLAH
TOUT LE MONDE NOUS REGARDE...
ARRÊ... !
ZWISCH
AH... !

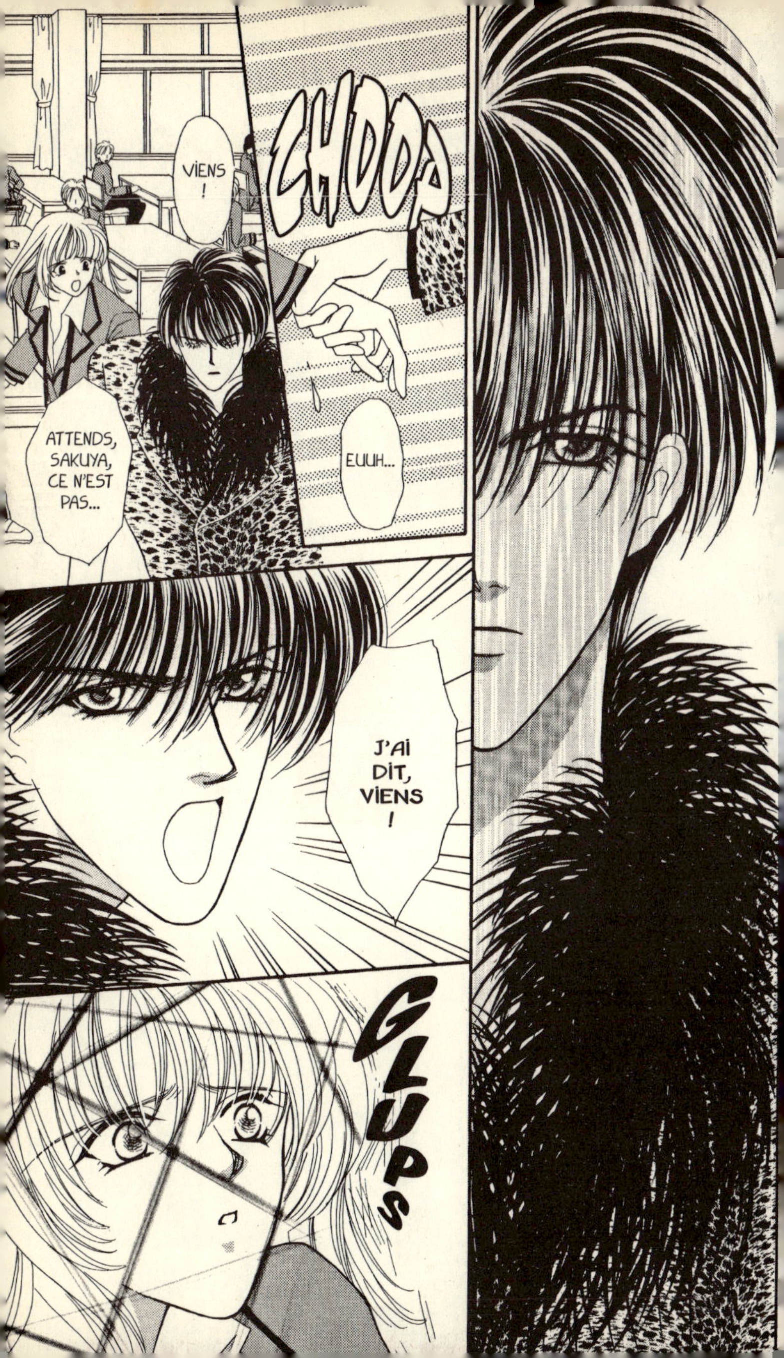
CHOOP
EUUH...
VIENS !
ATTENDS, SAKUYA, CE N'EST PAS...
J'AI DIT, VIENS !
GLUPS

IL EST EN COLÈRE...
QU'EST-CE QUE JE VAIS FAIRE ?
BOM
AAH !
C'EST LUI QUI T'A FAIT ÇA, HEIN ?!
QU'EST-CE QUE JE PEUX FAIRE ?!
POUVSS
MAIS JE...

CE TYPE ÉTAIT RAIDE DINGUE DE SA SŒUR...
QU'EST-CE QUE TU AS FAIT AVEC LUI PENDANT MON ABSENCE ?!
RÉPONDS-MOI !
RIEN ! JE N'AI RIEN FAIT...
COMMENT EST-CE QU'IL T'A EUE ?
IL EST VRAIMENT EN RAGE !

IL T'A MURMURÉ QU'IL T'AIMAIT À L'OREILLE ?
TSOOP
QUAND TU ÉTAIS DANS SES BRAS...
NON...
EST-CE QUE TU AS GÉMI COMME TU LE FAIS AVEC MOI ?
ARRÊTE...

EST-CE QUE TU AS AIMÉ ÇA ?
ARRÊTE, SAKUYA, NE FAIS PAS ÇA !
S'IL TE PLAÎT !
ZIIIIIP

SAKUYA AAA !
TIIIR
SA...KU... YAAA...
HAN HAN

A... ARRÊ-TE...
S'IL TE PLAÎT...
...
SERRR

IL EST...
TELLEMENT FURIEUX...
C'EST BIEN LA PREMIÈRE FOIS QUE JE LE VOIS COMME ÇA. TOUT ÇA POUR UN SUÇON...
JE PEUX BIEN DIRE TOUT CE QUE JE VEUX, IL NE ME PARDONNERA PAS...
IL VA ME DÉTESTER, MAINTENANT !
SNIF

ET MERDE... !
PLIK
PLIK

SNIF
SNIF
SNIF
JE TE DEMANDE PARDON...
JE N'ÉTAIS PAS REVENU POUR TE MALMENER...

PAR-DON...
AH !
C'EST MOI QUI DEVRAIS TE DEMANDER PARDON !
J'ÉTAIS MORT D'INQUIÉTUDE POUR TOI DÈS LA MINUTE OÙ J'AI COMPRIS QU'IL ÉTAIT AMOUREUX DE SA SŒUR.
ET QUAND J'AI VU CE SUÇON, JE N'AI PAS PU ME CONTRÔLER...

POUR AIDER LA MÈRE DE TOMOYUKI, J'AI FAIT SEMBLANT D'ÊTRE YUMI ET JE SUIS ALLÉE CHEZ EUX.
J'AURAIS DÛ DIRE NON MAIS JE N'AI PAS PU...
JE SUIS DÉSOLÉE.
JE NE FERAI PLUS RIEN QUI TE METTE EN COLÈRE.
CROIS-MOI, JE T'EN PRIE...
JE N'AURAIS JAMAIS LAISSÉ TOMOYUKI ME TOUCHER.
JE TE LE JURE !
JE LE SAIS.

HEIN ?
TU N'ES PAS LE GENRE DE FILLE À COUCHER AVEC LE PREMIER TYPE QUI PASSE.
C'EST POUR ÇA QUE JE TE DEMANDE PARDON...
PARDON D'AVOIR DOUTÉ DE TOI, ET DE T'AVOIR FAIT MAL.
SAKUYA...

PAR-
DON,
AÎNÉ...
PAR-
DON...
JE
T'EN
PRIE...
...
OH,
SAKUYA
NE ME
DÉTESTE
PAS...

OK, ON VA PASSER À L'ENREGISTREMENT !
TIENS, RAVI DE TE REVOIR !
TOURNN
JE CROIS QUE NOS GROUPES SERONT APPELÉS À SE CROISER DE TEMPS EN TEMPS SUR LES ÉMISSIONS.
...
QUELLE RELATION TU AS AVEC AÎNÉ ?
ELLE N'EST JAMAIS TRÈS LOIN DE TOI...
ON FAIT LES DERNIERS RÉGLAGES DE LA CHANSON ET ON Y VA.
D'AC-CORD...

ATTENTION, TOUT LE MONDE ! C'EST PARTI POUR LUCIFER !
SMILE
JE PENSE QUE TU VAS TOUT COM-PRENDRE TRÈS VITE...
...

BIENVENUE AU JAPAN SHOW ! CETTE SEMAINE NOUS VOUS AVONS RÉSERVÉ UNE ÉMISSION SPÉCIALE DE 90 MINUTES !
VOUS Y RETROUVEREZ CHAQUE ARTISTE INTERPRÉTANT SON PLUS GRAND SUCCÈS, À VOTRE DEMANDE !
SAKUYA NE M'A PAS BEAUCOUP PARLÉ DEPUIS SON RETOUR...
ET LUCIFER OUVRE LE BAL POUR VOUS AVEC UNE DE SES PLUS BELLES BALLADES !
IL DOIT ENCORE ÊTRE EN COLÈRE...
UNE BALLADE ? ILS NE DEVAIENT PAS CHANTER FAKE ?

LOVE MELODY !
LOVE MELODY ?!

C'EST LA CHANSON QUE SAKUYA A COMPOSÉE POUR MOI...
CELLE PAR LAQUELLE IL M'A AVOUÉ SON AMOUR...
CE N'ÉTAIT PAS CELLE QUI ÉTAIT PRÉVUE.
EST-CE QUE ÇA VEUT DIRE QU'IL M'A PARDONNÉE ?
EST-CE QUE ÇA VEUT DIRE QU'IL NE ME DÉTESTE PLUS ?
JE CROIS EN CE MIRACLE...

QUE TU ES LA SEULE À POUVOIR ACCOM-PLIR...
EFFACER D'UN SOUPIR LA DOULEUR DE MON AMOUR...
SAKUYA !

LOVE MELODY, HEIN… ?
JE VOIS… C'ÉTAIT DONC ÇA…
ALORS, VOUS ÊTES ENSEMBLE TOUS LES DEUX.
J'AI FERMÉ LES YEUX SUR CE QUE TU AS FAIT À AÏNÉ L'AUTRE JOUR…
PARCE QUE JE N'ÉTAIS PAS LÀ ET QUE C'ÉTAIT MA FAUTE.
MAIS…

SAKUYA !
TA CHANSON, ELLE ÉTAIT...
TCHOP
SACHE QUE ÇA NE SE REPRODUIRA PLUS JAMAIS !

AÏNÉ EST MA PETITE SŒUR !
HEIN ?
J'AI ENFIN LA POSSIBILITÉ DE VIVRE MON AMOUR AU GRAND JOUR, ET TU CROIS QUE JE VAIS LAISSER PASSER CETTE OCCASION ?!
ES-PÈCE DE...

J'AI ENFIN LA POSSIBILITÉ DE VIVRE MON AMOUR AU GRAND JOUR...
ET TU CROIS QUE JE VAIS LAISSER PASSER CETTE OCCASION ?
ET TOI, TU CROIS QUE JE VAIS ACCEPTER ÇA ?

ÉLOIGNE-TOI, AÎNÉ !
PUUNCH
CHOC
SAKUYA !
RAAH...
SAKUYA PAR-CI, SAKUYA PAR-LÀ...

BKOM
TU M'EM-MERDES À LA FIN !
TSHING
BOKOOM
PEUT-ÊTRE, MAIS C'EST TOI QUI L'AS CHERCHÉ !
ARRÊTEZ, TOUS LES DEUX !
SAKUYA ! MAIS IL EST DEVENU FOU ?!

ARRÊTE, SAKUYA !
LÂCHE-MOI, ATSURÔ !
RUUSH
RAH !
TSOK
!
AH !
UUH...

TCHOK
RAAAH !
ALLEZ, DEBOUT !
QU'EST-CE QUE JE DOIS FAIRE ?
T'ES DOUÉ, IMBÉCILE !
POK
POK
ILS SE BATTENT !
SAKUYA DE LUCIFER ET TOMOYUKI DE JESUS SE BATTENT !
COMMENT ON A PU EN ARRIVER LÀ ?!

GROOMPF
FAAAAAH !
POURQUOI T'ES TOUJOURS MÊLÉ À CE GENRE DE TRUCS !
QU'EST-CE QUI T'A PRIS ? NON MAIS REGARDE-TOI, MAINTENANT !
POUR UN CHANTEUR COMME TOI, LE PHYSIQUE EST ESSEN-TIEL, BON SANG !
BOU HOU HOU UU
JE CROYAIS QUE C'ÉTAIT MA VOIX QUI ÉTAIT ESSENTIELLE !
J'AI ESSAYÉ DE L'ARRÊ-TER MAIS...
MOI AUSSI, À LA FIN...
ON A RÉUSSI MAIS À QUEL PRIX !
DÉFAITS
QUELLE PITIÉ...
POUR-QUOI TU AS FAIT ÇA, SAKUYA ?
C'EST TOI QUI ME LE DEMANDES ?

PARCE QUE JE T'AIME...
DO DOM
SAKUYA...
TOI QUI ES TOUJOURS SI CALME ET SI MATURE...
JE NE PENSAIS PAS QUE TU POUVAIS ÊTRE AUSSI JALOUX...
GROMPF
TU ES CAPABLE DE TE METTRE DANS DES RAGES DE GAMIN PAR AMOUR POUR MOI.
ÇA ME FAIT PLAISIR MAIS...

**Le coin des questions à Sakuya Ookouchi**

*- Quel est votre quartier préféré ?*

*- Pour être tranquille, Meguro... pour m'amuser, Roppongi.*

*À suivre dans le volume 5 !*

J'AI SÉCHÉ LES COURS CE MATIN.
J'IMAGINE QU'IL DOIT Y AVOIR PLEIN DE RUMEURS SUR L'ENTRÉE FRACASSANTE DE SAKUYA DANS LA CLASSE ET SUR LE FAIT QU'IL M'AIT EMMENÉE AVEC LUI...

OH !
AH, REVOILÀ AÎNÉ !
AÎNÉ !
GLUPS
ZUT, ELLES M'ATTENDAIENT !
QU'EST-CE QUI S'EST PASSÉ ?
RACONTE-NOUS !
MAIS RIEN...
LE CHANTEUR DE JESUS, TOMOYUKI, C'EST TON GRAND FRÈRE, HEIN ?
QUOI ?

C'EST LUI QUI NOUS L'A DIT.
HEIN ?
ALORS, AÎNÉ, ON SÈCHE ?
QU'EST-CE QU'IL FAIT DANS MON ÉCOLE ?
KYAAAH
KYAAAH
IL A CHANGÉ D'ÉCOLE ET COMMENCE ICI AUJOURD'HUI, EN TROISIÈME ANNÉE.
APRÈS SAKUYA, ON A TOMOYUKI ! TOUT LE MONDE EST SUPER EXCITÉ !
WAAOUH !
JE SUIS UNE VRAIE FAN !
J'AI ACHETÉ TON CD !

IL A CHANGÉ D'ÉCOLE ? QU'EST-CE QU'IL A ENCORE EN TÊTE ?
AÎNÉ ?!
PAR ICI !
TOMOYUKI !
QU'EST-CE QUE TU CHERCHES, EXACTEMENT ?
TOMOYUKI, À TOI LA BALLE !

ATTENTION, AÏNÉ !
...
TSDDDK
OH ?

DE JUS- TESSE...
SAKUYA !
MMH...

POF
DÉ-
SOLÉ
!
TU PEUX
NOUS REN-
VOYER LA
BALLE, S'IL
TE PLAÎT
!
FIIIT

SWIIIN
FRWUUCH
BLAH BLAH BLAH
QUEL TIR !
WAOUH !
IL ÉTAIT SI LOIN !
WOUAH !
KYAAAH !
KYAAAH !
KYAAH !
TU VOIS ...

DIRE À UNE FILLE QUE TU L'AIMES NE SUFFIRA PAS À LA FAIRE TOMBER DANS TES BRAS.
SURTOUT SI TU NE SAIS PAS LA PROTÉGER.
SOU-VIENS-T'EN !

SAKUYA, MERCI POUR LE...
ÌDIO-TE !
POK
ON N'ENTRE PAS SUR UN TERRAIN DE FOOT QUAND ÌL Y A UN MATCH EN COURS !
LA PRO-CHAINE FOIS, JE TE LAISSE TE DÉ-BROUILLER !
...
KHH

TU M'AS VU COURIR SUR LE TERRAIN ?
...
TU T'INQUIÉTAIS DE CE QUE TOMOYUKI POURRAIT ME FAIRE ?
JAMAIS JE N'AURAIS IMAGINÉ QU'IL CHANGERAIT D'ÉCOLE.
IL EST TOUT LE TEMPS EN TRAIN DE S'EN FAIRE POUR MOI...

JE DOIS RETOURNER À LA MAISON DE DISQUE MAIS JE REVIENDRAI TE CHERCHER APRÈS LES COURS.
QUAND IL EST EMBARRASSÉ PAR QUELQUE CHOSE, IL MET SA MAIN DEVANT SA BOUCHE COMME IL VIENT DE LE FAIRE...
OK, JE T'ATTEN-DRAI.
IL A L'AIR DUR MAIS... C'EST UN TENDRE...

MERCI, SAKUYA.
SMILE
HEIN ? TOMOYUKI ? IL A DIT QU'IL ALLAIT SUR LE TOIT.
IL VOULAIT ÊTRE SEUL POUR RÉFLÉCHIR À SES TEXTES.
JE NE COMPRENDS RIEN...
ET POUR QUE SAKUYA ARRÊTE DE S'INQUIÉTER...
JE DOIS ÉCLAIRCIR CETTE SITUATION !
KRIIII
TOMO-YUKI !

OH !
AH, QUELLE POIS-SE...
JE NE VOULAIS PAS QUE TU ME VOIES COMME ÇA...
EEUUH...
ZUT, CE N'ÉTAIT PAS LE MEILLEUR MOMENT...
QUAND JE VEUX ÉCRIRE, JE NE PEUX PENSER QU'À ELLE...

JE SUIS DEVENU CÉLÈBRE AVEC MA PREMIÈRE CHANSON...
MAIS C'EST POUR ELLE QUE JE L'AI ÉCRITE.
IL PARLE DE SA SŒUR... SA SŒUR QUI ME RES-SEMBLAIT TANT.
...
TON GROUPE AUSSI VA BIENTÔT ÊTRE LANCÉ...
ET JE SERAI ENCORE PLUS FAN DE VOUS QUE DE LUCIFER !
T'ES SÛRE ?
TU SAIS, YUMI...
QUAND JE FERAI MES DÉBUTS...

OUI ?
NON... RIEN...
J'AVAIS DÉCIDÉ DE LUI AVOUER MON AMOUR UNE FOIS QUE LE GROUPE AURAIT DÉMARRÉ.
PEU M'IM-PORTAIT QU'ON ME MÉPRISE OU QU'ON ME DÉTESTE...
JE VOULAIS SEULEMENT QUE YUMI ME VOIE COMME UN HOMME.
MAIS...
ELLE EST MORTE !

LE CHAUFFEUR DU CAMION ÉTAIT AU TÉLÉPHONE...
QUAND IL L'A RENVERSÉE...
JE REGRETTE TANT !
FLAP
FLAP
FLAP
HADES RECORDS
CONTRAT
JESUS
YUMI...
YUMIIIII !
HADES RECORDS
CONTRAT
JESUS

J'AURAIS TELLEMENT AIMÉ VOIR LE BONHEUR SUR SON VISAGE !
JE VOULAIS T'AIMER TOI, COMME JE L'AVAIS AIMÉE ELLE...
CE N'EST PAS POUR CHANTER DES CHOSES AUSSI TRISTES QUE JE SUIS DEVENU CHANTEUR.
TU PEUX ME DIRE CE QUE JE POURRAIS FAIRE ?

QU'EST-CE QUE JE DOIS FAIRE DE MES SENTIMENTS ?
COMMENT FAIRE POUR QU'ILS TE TOUCHENT ?
YUMI !
AH...
LE JOUR OÙ LA MARÉE T'A EMPORTÉE...
MON CŒUR S'EST BRISÉ... ET SES MORCEAUX ONT VOLÉ EN ÉCLATS.

IL EST TROP TARD ET TON CORPS FROID...
NE PEUT PLUS RÉPONDRE À MON AMOUR.
ENCORE UNE FOIS... ENCORE DEUX FOIS...
MES MOTS DOUX SE MÊLENT AUX LARMES QUI COULENT SUR TES JOUES.
YUMI...
SI DANS MA DOULEUR... JE POUVAIS RETROUVER TON SOURIRE...
JE CONTINUERAIS À TE SERRER DANS MES BRAS AU MILIEU DE RIVIÈRES DE LARMES.

JE TE RENOUVELLERAIS MON AMOUR QUI DEVIENDRAIT FLEUR AUTOUR DE TOI.
POURQUOI...
MES LARMES SE METTENT-ELLE À COULER ?
KAIKAN PHRASE / VOLUME 4 / FIN

# KAIKAN PHRASE COLLECTION

LES COMMENTAIRES DE MAYU SHINJO

**4E PARTIE**

**MAYU SHINJO COMMENTE LES PAGES DE GARDE DES PRÉPUBLICATIONS DE SON MANGA !**

**COMMENTAIRE**

........................................................ 1RE PUBLICATION

........................................... SHOJÔ COMICS, 1998, N°3

**CETTE ILLUSTRATION A UN PETIT CÔTÉ ESPIONNAGE. BON, C'EST ÉLÉGANT MAIS ÇA NE COLLE PAS TROP AUX PERSONNAGES... AUJOURD'HUI, JE NE FERAIS PAS CE GENRE DE DESSIN. MAIS, À L'ÉPOQUE DE CE MANGA, JE M'ÉTAIS BIEN AMUSÉE...**

**COMMENTAIRE**

......... 1RE PUBLICATION

........... SHOJÔ COMICS, 1998, N°4

**AUJOURD'HUI, LES ÉCLAIRAGES SERAIENT RÉALISÉS NUMÉRIQUEMENT MAIS, À L'ÉPOQUE, J'UTILISAIS UN SPRAY ET UN AÉROGRAPHE. C'ÉTAIT VACHEMENT DUR ! LA TECHNIQUE DU MASQUAGE ÉTAIT TRÈS FASTIDIEUSE. L'ENCRE NE SE PLAÇAIT PAS TOUJOURS COMME ON VOULAIT. J'ADORE LA FAÇON DONT SAKUYA TIENT SON MICRO !**

**COMMENTAIRE**

............ I[RE] PUBLICATION
............ SHOJÔ COMICS, 1998, N°5

J'AI RÉALISÉ CETTE ILLUSTRATION EN PENSANT À UN ENSORCELLEMENT. LES VÊTEMENTS TRADITIONNELS VONT PARTICULIÈREMENT BIEN À YUKI. JE NE L'AI JAMAIS PLUS DESSINÉ AVEC LES CHEVEUX RELEVÉS.

**COMMENTAIRE**

............ I[RE] PUBLICATION
............ SHOJÔ COMICS, 1998, N°7

VOILÀ UN DESSIN QUI SUSCITE BIEN DES INTERROGATIONS ! EST-ELLE DANS LA LUMIÈRE ? EST-ELLE DANS L'EAU ? JE VOULAIS CRÉER QUELQUE CHOSE DE DÉCONCERTANT... J'AIMAIS BIEN DESSINER AÏNÉ NUE... (RIRES)

**COMMENTAIRE**

I[RE] PUBLICATION ............
SHOJÔ COMICS ............
1998, N°9

IL M'A FALLU UN TEMPS FOU POUR FAIRE CETTE ILLUSTRATION ! AÏNÉ ET SAKUYA Y SONT REPRÉSENTÉS TROIS FOIS ! LE THÈME DE BASE ÉTAIT « LE SCANDALE » : SAKUYA INTERVIENT AUPRÈS DU PHOTOGRAPHE QUI LES PREND EN TRAIN DE S'EMBRASSER, ET LUI DEMANDE D'ARRÊTER DE PHOTOGRAPHIER... FINALEMENT, L'EFFET EST PLUTÔT COMIQUE.

Titre original :
KAIKAN PHRASE, VOL 4 by Mayu SHINJO

Original Japanese edition published
in 2006 by Shogakukan Inc., Tokyo.
French translation rights arranged with Shogakukan Inc.
through The Kashima Agency.

French translation rights : Pika Édition

Traduction et adaptation : Anne Mallevay
Création d'illustrations : Sylvie Daulon


ISBN : 978-2-84599-762-2
Dépôt légal : septembre 2007
Imprimé en Espagne par Futurgraphic
Diffusion : Hachette Livre